Rさんの夢日誌

REiKO

目次

プロローグ―手相―……4
はちみつプリン……6
不思議な絵のような町……11
子供の頃の夢とおみくじの呪い……16
最近見た火事の夢……25
Rの育った環境……32
子供の頃の夢の解釈……39
波乱の結婚生活……47
結婚生活と夢の一致……72
エピローグ―あとがきにかえて―……86

プロローグ――手相――

手相をみてもらっている夢を見た。

通常、手相は右が将来、左は過去の運勢だといわれている。夢の中では、左手をみてもらっていた。

Rこと私は、中指の付け根から伸びている短い線を見ながら「これ、何ですか」と占い師に聞いている。「運命線じゃよ」という声に、「どうしてバツ印があるんですか」とたずねると、「運命は変えられるということなんじゃよ」との答え。「なるほど」と納得した後、中指の隣の薬指に目をやると、なんと指先から手首まで長い線が一本、走っている。しかも、線の先端には、なにやら記号のようなものが刻んであった。

「なんだこれは」と思いながら、文字化して読んでみると、「オー・エス・ゼー」というアルファベットになる。〝OSZ，OSZ，OSZ〟と口の中で呪文を唱えながら、意味を考えた。

そこで、目が覚めた。

目覚めてもまだ、〝OSZ，OSZ，OSZ……〟と心の中でつぶやいている。

覚醒して、OSZって何なんだ、と改めて考えたとき、はたと閃いた。OSZは、SOSのこと。そうか。夢の占い師は私に、「運命は変えられる、助けを求めれば……。一人で悩んでいてはいけないよ」と言いたかったのだ。夢の中で見た私の左手は、こんな風だった。

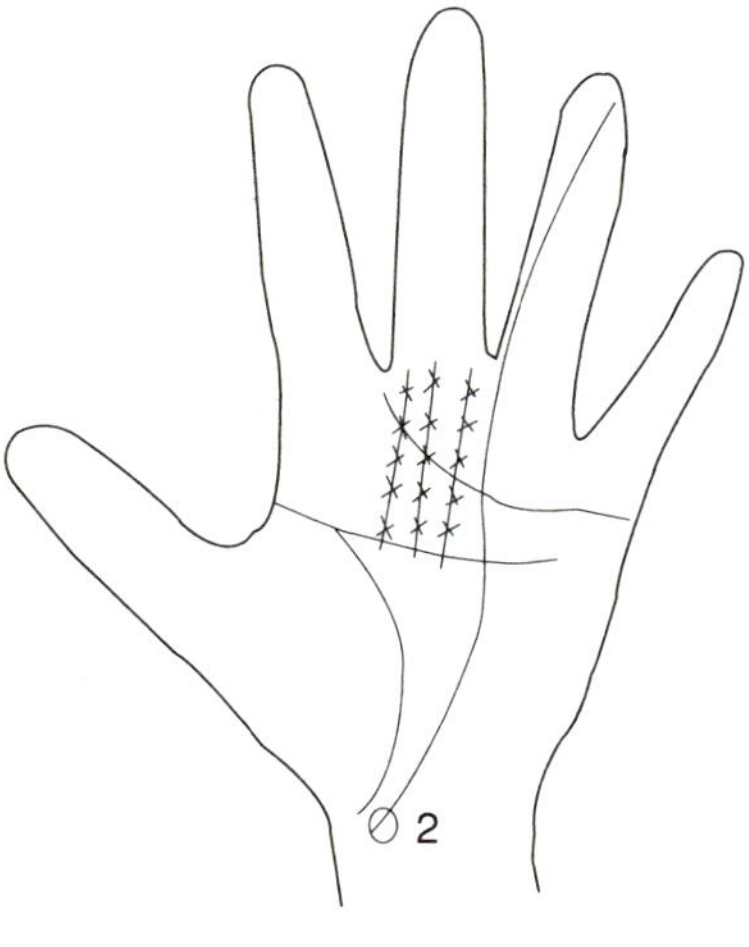

はちみつプリン

どこまでも続く青い空。照りつける太陽とさわやかな風、透き通ったスカイブルーの海。波はとても穏やかで、波打ち際を歩くと、ともすれば濡れた砂に足をとられてしまいそうな砂浜に私はいた。

寄せては返す波が砂紋を描く浜に、大きなプリンの形をしたすべり台がある。私たちは何人かで、ゲームをしていた。

そのゲームは、二組に分かれて、それぞれのチームのリーダーはすべり台の上にいる。ほかの人たちは下から上っていって、リーダーが持っている瓶に入ったはちみつをスプーンで一匙ずつ舐めさせてもらう。口に広がる甘さを楽しみながら、すべり台を降りて、また上る。先に瓶の中身が空になったチームが勝ち組になるというルールだった。

皆、とても楽しく遊んでいた。水に濡れた足ですべり台を駆け上がるのは難しく、悪戦苦闘だったが、夢中になっていた。勝算は、私たちのチームにありそうだった。はちみつがなくなりそうである。そう思ったとたん、風景ががらりと変わった。

波打ち際の、プリンのかたちのすべり台でたしかに遊んでいたはずなのに、かなり沖に流されてしまったらしいのだ。気がつくと、やぐらに組まれた見張り台の上に、私たちは集まっていた。やぐらには、一人がようやく下りて滑れるくらいの、幅の狭いすべり台が二つ、海底まで伸びていた。

私は、見張り台の上から、どこまでも続く海の彼方、空との境を描く水平線を眺め、幻想的な気分を楽しんでいた。すると、穏やかだった波が、徐々に高くなり、私たちのいる見張り台の上にまで波しぶきが届くまでになった。

私は怖くなって、避難した方がいいのではないかと振り向くと、友人たちは、すでに逃げる用意ができているようだった。私が振り返ったのと同時に皆、一斉にすべり台を伝って海にとび込み、砂浜へと向かって泳ぎだした。あっという間の出来事で、誰一人として私に声をかける者はなく、皆、次々に浜に逃げ出し、私は一人取り残されてしまった。不

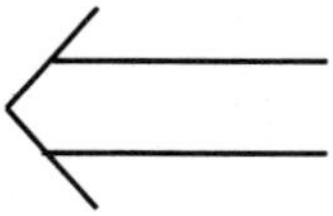

穏やかな波
海
リーダー
R
砂　浜

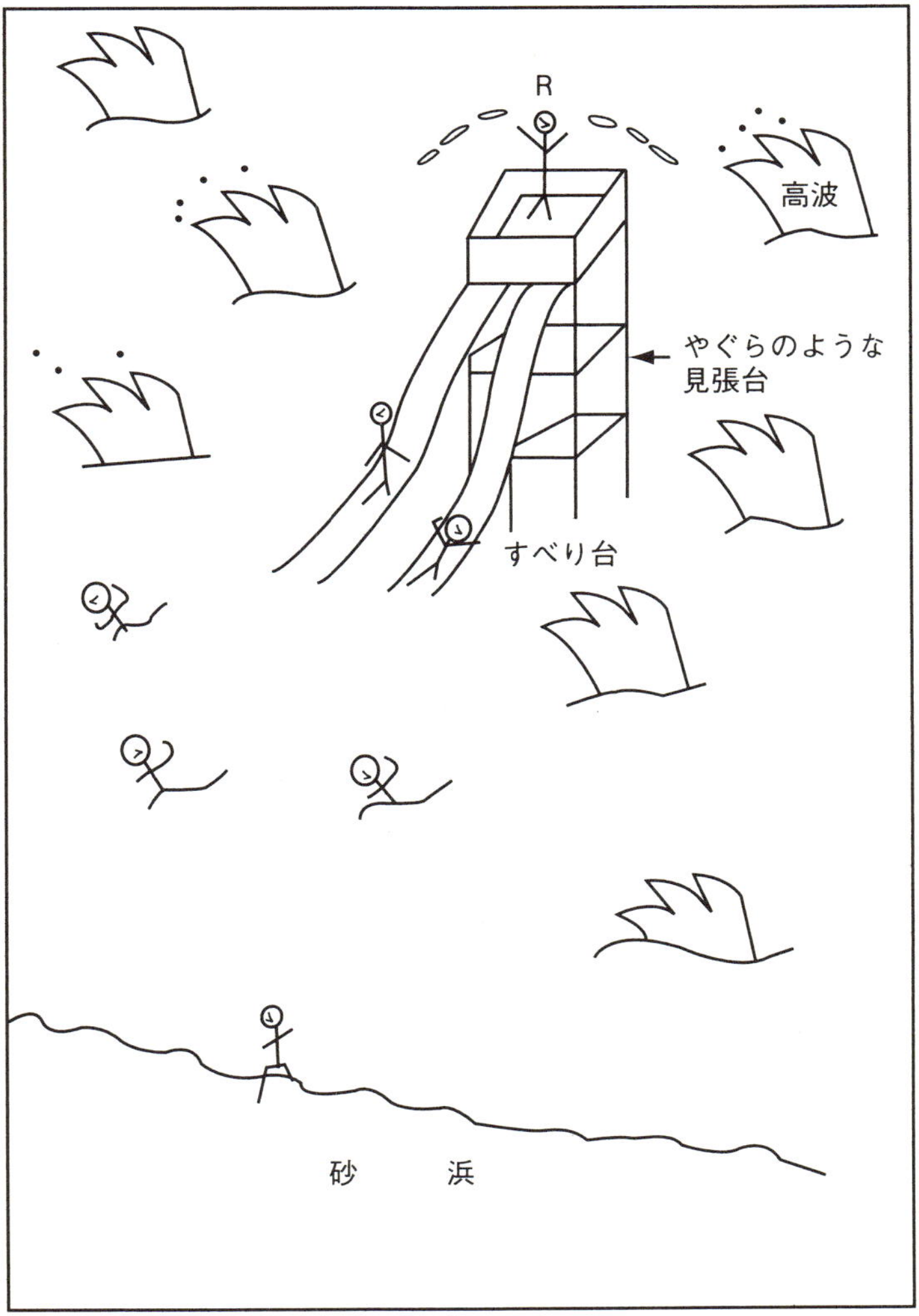
R
高波
やぐらのような
見張台
すべり台
砂　浜

安で、どうしていいのか分からなかった。その間にも、海は荒れ、どんどん高くなった波は、轟音とともに私の背後から襲いかかってくる。恐怖で体を動かすことすらできない。

このままここで溺れ死んでしまうか、自力で泳ぎ、難を逃れるかの二者択一だった。泳ぎは得意ではないので、私は頭の中に溺死した自分の姿を想像してみた。その姿があまりにも無惨だったので、意を決して、皆の後を追い、泳いで避難することにした。

友だちの一群は、かなり先の方を泳いでいる。私は一人取り残された孤独感と高波への恐怖と闘いながら、必死で声をはり上げた。

「待って。一人にしないで。怖いよ」

叫びながら、すべり台を伝って下り、海に飛び込もうとした瞬間、仲間の一人が取り残された私に気がついて、戻ってきてくれた。

私の右手をつかむと、ひっぱって泳ぎ出した。その間、体の力を抜き、力の限り友人の手を握りしめ、その泳ぎに身を任せていた。

安全な浅瀬にたどり着いたと思ったとたん、そこで目が覚めた。

不思議な絵のような町

新築のマンションの一室に私はいた。素敵という形容がぴったりの部屋だった。私の住まいは築十五年の古い木造アパートで、新築に入居するのは、私の憧れだった。部屋を購入したのかどうかは分からなかったが、私は嬉しくてしかたがなかった。

掃除をしようとあれこれ手順を考え、さて、まずは用具が必要だと思い、買いにいくことにした。というのは、掃除用具が何ひとつなかったからだ。

「たしか、あのあたりに百円ショップがあったっけな。雑巾とバケツ、窓拭きワイパーに……。ほかにいるものは」

私はつぶやきながら、表に出た。そこは並木通りである。通りを抜けて左に曲がるとお店がある。ここは、整備された街づくりが自慢。清潔なところも気に入っていた。買い物をすませて家に帰ろうと歩き始めると、通ってきたはずの並木通りに出ることができない。

工事や通行止めのせいではない。目の前に自分のマンションの建物は見えているのに、なぜか通りに出ることができない。まるで不思議な絵のなかに入り込んでしまったみたいだった。

店に戻って、再度、道を探してみたが、やはり並木通りに出ることはできない。気がつくと、ホテルのような大きなマンションのなかに入ってしまっていた。もう一度、店に戻ってみたが、どう歩いても、ホテルタイプのマンションに出てしまう。どこかがおかしいと思ったが、頭のなかは冷静だった。

店から見ると、正面がホテルタイプのマンション。その左側に並木通りが続いている。店を背にして立つと、ホテル型マンションの左斜め向こうに私の住むマンションが位置している。

ホテルのようなマンションの裏には出入口がある。たしかに私の部屋からも見えていた。このことを思い出し、ここを抜けて家に帰ろうと思った。ホテルのようなマンションのなかに入ると、廊下の壁や天井一面にディズニーのキャラクターが描いてあり、ところどころに石膏像が飾ってあった。色調は、パープルピンクで統一されており、まるでディズニーランドにいるようだった。このようなマンションに住んでみたいとも思ったが、飽きがきそうだ。やはりシンプルがいちばんだと思いながら、道を探した。

私は、一刻も早く自分の家に帰りたくて、早足で歩いていくと、裏の出入口が見あたらない。部屋からは確かに見えたのに、どこを探してもなかった。

どこかがおかしい。今日は、変なことばかり続きすぎる。誰かにたずねた方がよさそうだ。入口にフロントらしきものがあったのを思い出し、いま来た廊下を戻りはじめた。すると、入口付近で、二人の男性が怒鳴り合っているのが見えた。喧嘩をしているのだろうか。大声でしゃべっているのだか、何を話しているのかさっぱり分からない。日本語ではないようにも思えた。巻き込まれたら大変だと思い、廊下の隅を歩いていると、突然、一人が私を見て指さし、早口で何かを言った。それからものすごい剣幕で向かってきた。「殺される。逃げなくては」。直感が私に語りかけてきたので、慌てて裏の出入口に向かって逃げ出した。走りながら、何も悪いことをしていないのに、どうして追いかけられなけ

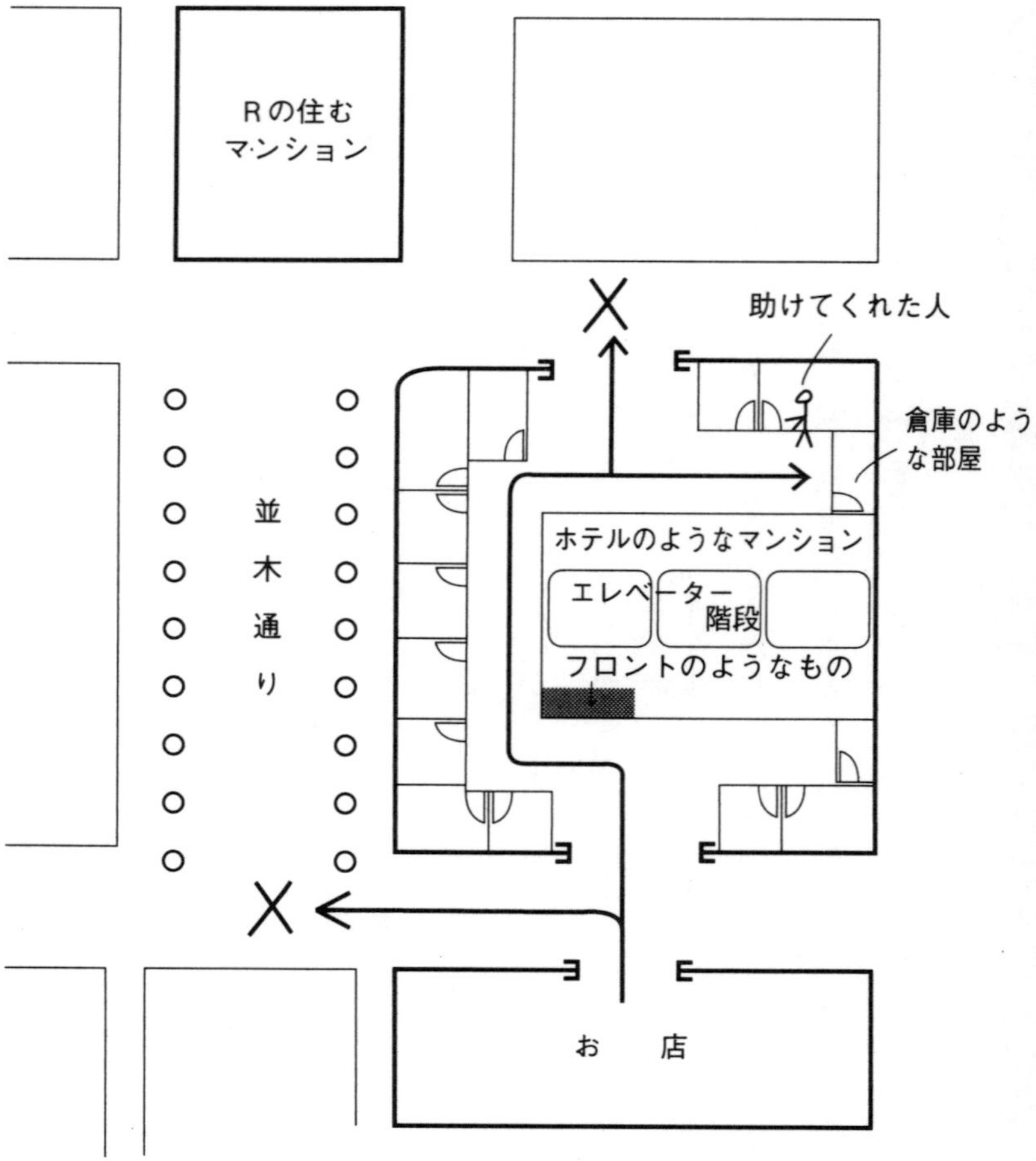
Rの住む
マンション
助けてくれた人
倉庫のような部屋
並木通り
ホテルのようなマンション
エレベーター
階段
フロントのようなもの
お　店

ればならないのだろう。逃げる必要はないのだ。しかし、恐怖から足をとめることはできなかった。

裏には、やはり出入口はなく、しかも目の前は壁。突き当たってしまい、逃げ場はなくなった。「もうだめだ、殺される」と思った。そのとき、突然、正面の壁の右手に小さなドアがつけられていて、そこから人が出てくるのが見えた。

「助けて、殺される」

必死で助けを求めると、その人は倉庫部屋のドア口をそっと指さした。

慌てて入ると、鍵を閉めた。疲労と焦りがピークに達し、その場にへたりこんでしまった。何も考えることができずに、このままここで眠ってしまいたいと思った。

ドアの向こうで私を追いかけてくる人物が、何やら叫んでいるのが壁越しに聞こえたが、何を言っているのか分からなかった。

そこで目が覚めた。

子供の頃の夢とおみくじの呪い

夢は、あまり見ない方だと思う。見ているのかもしれないが、すぐに忘れてしまう。見たとしても、時間の経過や物事の成り立ちがちぐはぐで、人に説明するのは難しい。

そんななかで、ただ一つ、ストーリーも鮮明で、目が覚めた後まで恐怖感が続く夢がある。火事の夢だ。幼い頃から繰り返し見る夢である。何を意味しているのか、考えたこともなかったが、不思議なことに、幼い頃に見たものから今日の夢まで、鮮明に思い出すことができる。

私は、子供の頃、よく火事の夢を見た。燃えさかる炎に、逃げまどう。一生懸命に逃げているのだが、足がもつれてうまく走れない。

襲いかかる火の手をよく見ると、炎だと思っていたものは、実は赤い布が揺れているだけだったりもした。最初は、一緒になって逃げまどっていた人たちも、気がつくといつもの日常に戻っている。それでも私は、赤い布の炎に怯え、必死で逃げようと一人あせっている。

そこで、目が覚める。

物心ついた頃から、何度もこんな夢を見た。

ストーリーに多少のずれはあっても、どれも似たりよったりで、火事にあい、炎に追われて、怯えているという夢である。

火災は、自分の家だけではなく、町内のあちらこちらで起こっていた。夢のなかで、「戦争で空襲にあったみたいだな」と思っていたのを覚えている。

もちろん、私は戦争を知らない。けれども両親は、昭和十年代の前半に東京に生まれている。親に甘えたいさかりの頃、疎開先で暮らした。十分な栄養を摂取しなければならない育ち盛りに、食べ物もない時代を生きてきた。

まだ、四、五歳の頃だったと思う。ストーブでお餅を焼いている父のわきで、爪切りをしていた私は、切ったものを焼いて遊んでいた。すると、父の怒鳴り声が響いた。

「爪と髪の毛を焼くのはやめろ。死んだ人の臭いがする」

私は、子供ながらに「お父さんは、いったい何を見てきたのだろう」と思った。何でも知っているという畏敬の念と、人の死んだ臭いまでもかぎ分けられるという気味悪さが心を占めた。

両親は、戦争中のことについて、あまり多くは語らなかった。飼っていたセキセイインコのエサを見て、ぽつりと「これをご飯の代わりにして食べた」と言っていたのを覚えている。また、ある日、夕食のおかずに出たサツマイモやカボチャを眺めながら「昔は、これればかりだった」とつぶやく声が頭の片隅に残っている。親から聞いた戦争体験は、この程度だ。

戦争を扱った映画やテレビの番組をよく観た記憶がある。自分の興味から観るのではなく、父の「みとけ」の一言で画面に向かったのを覚えている。

火事にあったり、追われたりする夢を見るのは、このような映画やテレビに影響されてのことだろうと思っていた。見るたびに、戦争ものを観たからだと考えていた。実際、「空襲みたい」と思うのは映画などの影響からだったにちがいないが、夢で見る景色が現代だったりすると、もしかしたら予知能力が備わっていて、近い将来、戦争が起こるかもしれないと密かに思う自分もいた。

火事には、こんなエピソードもある。

十八歳の頃、友だちと近くの寺に初詣に出かけた。そこは厄除けで有名な寺で、夜中だというのに、たくさんの参拝客で賑わっていた。路面には、ぎっしりと屋台や露店が並んでいる。友人との参拝も楽しみだったが、何より嬉しいのは屋台での食べ歩きだった。トウモロコシの焼ける匂いにはがまんができず、いつもたまらずに買ってしまっていた。家に持ち帰って食べても、味気ないのに、露店の店先をのぞきながらの食べ歩きは、とてもおいしく感じられた。店先に並んだゴムボールやコマ、トランプなども、白熱球に照らされて輝く空間が大好きだった。

参道での誘惑に勝ったり負けたりしながら、本堂にたどり着き、お賽銭を入れて願をかける。十八歳である。願いは「すてきな彼氏ができますように……」。しっかり手を合わせた。

次はおみくじの出番である。初詣の、もう一つの楽しみである。

おみくじといってしまえば一言だが、種類は実にたくさんある。木箱に手を突っ込んで引くタイプのものや、星座や生年月日、名前などで運だめしをするものまで多種多彩だ。私は、数字を記した木棒が木筒のなかに入っているものが好きである。筒を両手で持って、ガラガラと振る。出てきた棒の数字と同じ番号の紙を引き出しから取り出す昔ながらのものを毎年、引くことにしていた。この年も、これを引いた。

結果は中吉だった。私は、中吉という結果に大満足だった。なぜなら大吉は、今は運気がいいけれど、これから下がる一方である。中吉ならば、まだ運が上昇する可能性があるからだ。

掌のなかで、小さな紙を開いてみると、〝待ち人来る〟〝旅もまたよろし〟などという文字が目にとび込んできた。〝火災に注意〟とも書いてあった。

中吉なのに、なぜ、火災に注意なのだろう。よくないことが書いてあるな、と思ったが友だちの中には、大凶と出た人もいて、あの人よりはいい運勢だったと自分を慰めたのを覚えている。おみくじは、木の枝にくくりつけて、私たちは寺を後にした。ドライブに出かけ、車で新春の町を走っているうちに、おみくじのことはすっかり忘れてしまった。

この年、私は就職して、五月に群馬県の水上温泉に社員旅行に出かけた。名称は覚えていないが、宿泊先の近くにあった神社に立ち寄った。ここにもおみくじがあった。このおみくじを見ると、どうしても引きたくなる私は、同僚を誘ってくじを引いた。

結果は末吉。お正月に引いたときより運気は下がっていたけれど、凶ではなく吉と出たので、よしとした。ところが、薄い小さな紙片を読み進めていくうちに、吉や凶などの全体運はどうでもよくなってしまった。そこには、このような一文が記載されていた。〝火災に注意〟。

「同じ年に、二度なんて」

思わず口から出てしまった。一瞬のうちに全身の血が下がり、二本の足で立っていることさえできないような気がした。

「偶然だよ」

と同僚の前では明るく振る舞ったが、怖くてしかたがない。これから泊まるホテルで火災に見舞われ、そのまま焼け死んで、身元不明として扱われるのだろうか。実家が全焼しているのかもしれない。良からぬことばかりが頭をよぎり、楽しみにしていた温泉旅行が、実に色も素気ないものになってしまった。そして、おみくじは二度と引かないと心に決めた。

幸いなことに、今日に至るまで、火災に見舞われたことはない。ただ、二度目のおみくじを引いた二カ月後、煙草の不始末で絨毯を三センチほど焦がしてしまった。凶や良くないことが書いてあるおみくじは、お寺の境内の木の枝にくくりつけること。そうすれば、仏様が災いを回避してくださる。友人は、「だから、絨毯を焦がしたくらいですんだんだよ」と慰めてくれた。

同じ年に二度も「火災に注意」と書かれたおみくじを引いたことは、しかしながら私の心に忘れられない出来事として残ってしまった。十年経っても、火元が気になるのである。レストランで煙草に火を点けたまま相手が席を立つと、消さずにはいられない。会社でも、しかりである。買い物に出ても、消防車がサイレンを鳴らして走っていると、ヒヤッとすることがある。火の元は確認してきたから大丈夫だと思っても、貰い火ということもある。もしかしたら、と思ってしまうともうダメで、家に急いで戻ったことが何度かある。

このような現象を、私は『おみくじの呪い』と呼んでいる。呪いが、いまだに私を責め苛む。友人に話せば、笑われておしまいだけれど、私にとっては深刻な問題なのだ。

私が火事の夢を見るから〝火災に注意〟と出たのか、はたまた夢は、煙草への不始末に注意しなさいとの守護霊か何かのメッセージなのか、今のところはおみくじと夢の因果関係はとけないままである。

おみくじ

おさい銭投げては祈る願い事
きっと素敵な恋人が来ると信じて手を合わす
ついでに健康・厄除けと　願い一つに小銭を増やす
何でも祈る初詣　果して願いは叶うのか
疑問持ちつつ手を合わせ　〝いい子にします〟と願かける

今年いちばん運だめし　紙切れ一枚明暗分ける
心底信じてないけれど　それでも気になる吉と凶
期待に胸を膨らませ　寒さ忘れて筒を振る
出てきた結果に大満足　今年はいい事ありそうな

そんな気がして旅に出る
旅に出たまで良かったけれど
またも遭遇運だめし
引かなきゃ良かったと後悔が　二度と引かぬと心に誓う
その後の人生左右され　今も苦しむ
おみくじの呪い

最近見た火事の夢

早産として生まれてきた人は、いつも何かに追われ、せき立てられている感を抱いているという。書籍で読んだのだが、きちんとした調査によるデータ結果に基づいてのものだった。

私は、予定より一ヵ月ほど早く生まれたが、未熟児ではなく健常児として育てられたと両親に聞かされていた。ところが最近になって
「Rは、小さかったから、保育器のなかに入れられていた」

と酒に酔った父が話してくれた。酔ってのことだから、はっきりしたことはむろん分からないが、一ヵ月ほど早く産声を上げたのは事実のようで、データ結果のように、私はせっかちで、何かにせき立てられているような感じがどこかにある。

夢のなかでさえ、私は炎に追われて逃げようとあせっている。そんな私の夢が、この一年で大きく変化してきた。

最近、こんな夢を見た。

私の住むアパートの隣の部屋から出火した。

「火事だぁ」

隣の奥さんの叫び声が聞こえた。窓の外を見ると、奥さんは赤ちゃんを抱えてオロオロしている。火は私の部屋からは見えない。そのためか、私は落ち着いていた。一一九番通報し、その次に大切な書類などをカバンに詰め、持って逃げられるように用意した。

消防車は、まだこない。どうやら町のあちらこちらに火の手があがって、出払っているようだ。地震ではないが、次々と出火し、消防車が走り回るさまは、阪神淡路大震災直後のようだった。

私はキッチンに向かった。買い置きの非常食とあるだけの食料をカバンに詰め始めた。三日分の食料は用意しておくべきだという、この前の震災の教訓を守っていた。あれこれ詰めていると、カバンのファスナーが閉まらなくなった。そこで、思いつくままに詰め込んだ食料をいったん取り出し、整理して入れ直すことにした。

隣の部屋からはバチバチと音を立てて燃えさかる炎の音が聞こえている。

カバンの底に詰めていた通帳類を束にしたポーチを取り出し、使用していないものとキャッシュカードのある通帳をよけた。少しでも荷物を減らしたくて、

「カードがお財布に入っているから、この通帳はいらない」

一冊ずつ銀行名を確認してから、いらない通帳をよけていった。そうしてから、改めて食糧を整理して詰め、なんとかファスナーを閉めることができた。

「ほかに持って行くものは……」

目で室内を確認しながら辺りを見回していると、食器棚の下の、ほんの少しの隙間から煙が吹き出してきて、顔にかかった。驚きと火災の恐怖で、私は後ずさりして、尻餅をついてしまった。

「もうだめだ。そろそろ逃げなくちゃ」

荷物を持って玄関の方に歩いていくと、わが家で飼っているペットのプレイリードッグのケージが目に入った。ケージには脱走防止のための鍵がかかったままだ。室内で遊ぶことの好きだったガチャピンは、巣の中で寝ていた。

私はケージごと持って逃げようと思ったが、持ち運び用の把手がない。抱えて逃げたら、荷物が持てなくなってしまう。餌もある。かわいそうだが、このまま置いていき、寝ているうちに煙に巻かれて死んだ方がいいのではないか。でもせめて、脱走防止の鍵は外してあげた方がいいのだろうか。しかしペットとして飼われていた動物が、この町中《まちなか》で生きていけるのだろうか。プレイリードッグは基本的に草食動物である。もうすぐ火の海になるであろう。この辺りでは、草木も燃えてしまうだろう。

いろいろ考えて、私は鍵を外さずに、このまま置いていくことにした。

「ガチャピン、ごめんね、バイバイ」

声をかけ、荷物を持って玄関に行き、靴を履いた。戸外に出て、私は律儀に玄関の鍵をかけた。

すると、夫がいて、

「大丈夫か」

とたずねた。

この人は、いつもこうである。今回も、真先に私を置いて逃げたのだった。

以前、震度三の地震があったとき、

「この手の地震は大きくなる」

そう言うと、慌てて上着に腕を通して、一人で逃げようとした。今回も、私を置いて真先に逃げ出したのである。押し黙ったまま、顔も見ないでうなずいた。

「ガチャピンは？　置いていくの」

そんなに気になるなら、自分で連れて出ればよかったのに……。両手に抱えたカバンの一つを手渡しながら、ぶっきらぼうに言った。

「置いていく」

「そう」

きっと、この人も私と同じようなことを考えたのだろう。一言、答えが返ってきた。

私たちは、車で十五分の夫の実家に向かって歩きだした。車を持たない私たちである。休憩しながら歩いても、一時間半の道のりだ。

あたりは静まりかえっている。まだ、焼け落ちてしまった家はない。この辺りに取り残されてしまったのは私たちだけのようで、車の往来もなく、聞こえるのは、自分たちの足音だけだった。

どのくらい歩いただろう。すでに夜の帳が下りて、闇のなかに家々の窓から室内を焼き尽くす炎が見える。家全体が燃え盛るというより、室内を舐める炎がふんわりと窓から吹き出しているという印象だ。火事の様子を描いた絵本を見ているようだった。

これまで来たこともない一本道を歩いていた。一軒の家の庭に植えられた大木が燃えさかり、家の前を横切ろうとした瞬間、二メートルもある太い木の枝が音を立てて折れた。大音響《だいおんきょう》とともに、火の粉が降りかかってきた。

「この道は危ないから、向こうに回ろう」

夫に向かってそう言うと、路線を変更した。

私たちは、たしかに夫の実家に向かって歩いていたはずだったが、気がつくと、私の実家の近くの道を三人で歩いていた。そこに主人の姿はなかったが、三人で歩いていることが、とても自然だった。前方には川が見えてきた。

「あの川を越えれば家だ」

現実の私の家は、川の手前を右に折れるのだが、夢のなかでは「あの川を越えると……」と言っていた。そして、安堵のため息をついたとき、そこで目が覚めた。

Rの育った環境

子供の頃の火事の夢と、最近の火事の夢。同じ火災を体験する私の対処には、大きな違いがある。子供の頃、私は火災のなかで、ただ怯え、逃げまどうばかりだったのが、最近の夢では、冷静に行動している。

隣の部屋では、炎が家具を舐め尽くす音まで聞いているのに、カバンの中身を詰めなおしたり、ペットの身を案じたりしている。動物の習性、今後の環境などにも心を配っている。歩きながらも身の危険が迫ると、道を回避している。通常、このような場面に遭遇したときには、夫が英断し、驚き怯える妻をかばうものだが、妻の私の方がしっかりしていて、的確に行くべき方向を定めている。私は決して、夫を尻に敷いているつもりはないけれど、震度三の一件と優柔不断な夫の性格を苦慮しての決断だった。

夢から覚めて、私は、また火事の夢かと思ったのと同時に、子供の頃に見た夢を思い出すと、自分の成長が感じられ、きっと私のなかで、何かが変わりつつあり、それがいい方に向かっているような、そんな気がした。

日を追っても、この夢のことが忘れられず、何をしているときにも頭の片隅にあって、終日、どこかでこのことを考えている自分がいた。しだいに、これらの夢には、何かの啓示があるのではないか、と思うようになっていった。

それから三カ月余りが経ったある日のことである。『はちみつプリン』と『不思議な絵のような町』の夢を見た。いずれも、すばらしい出来事への前兆のような気がして忘れることができず、夢日誌をつけ、自分なりに解釈してみようとした。

紀元前の頃から、夢には意味があると言われてきた。ギリシャ神話にも、夢で見たことへの畏怖や啓示などが数多く描かれている。フロイトの時代に入ると、夢の精神分析が行われるようになり、夢解釈は心理療法の一つとして用いられるようになってきた。

私の夢を、どのように分析していったらいいのか分からないけれども、自分が生まれ育った環境、その人を取り巻く現在の状況なども夢解釈には重要なのだろう。

私は、あまりいい家庭環境の中で育ったわけではない。気の短い父にヒステリックな母。肉体的な虐待はなかったけれども、精神的な虐待はひどかった。

「バカ」「かわいくない」という言葉を浴びせられるのは、日常茶飯事のことだった。近所の人や親戚にまで私の悪口や失敗談を言って歩く始末である。

母に言わせると、

「アンタが悪いんだから、仕方がないじゃない」

ということになる。風邪をひいて熱が高いときや具合の悪いときでさえ、「アンタが悪い」ということになってしまうのだ。

小学生の頃、近所にさまざまなアスレティック用具の整った公園があった。鉄枠にチェーンでタイヤを吊るしたブランコがあった。私は乗って、クルクル回しながら遊んでいた。ところが目が回って、しだいに気持ち悪くなってきた。やっとの思いで家に帰り、夕食も食べずに寝ていると、母のヒステリーが爆発した。

「遊んでばかりいるから、そういう風になるんだ。せっかく作った夕飯はどうするんだ。もったいない。せっかく作ったのに」

私の具合が悪いことよりも、自分の作った夕食が無駄になってしまうことの方が、母にとっては重要だったらしい。

また、高校を卒業して就職してから、どうにも胃の具合が悪かったことがある。病院で診てもらうと、胃潰瘍の跡があるという。両親に伝えると、

「都会に生きる人は皆、潰瘍の一つや二つはある。勝手に出来たり治ったりするものなんだ。そんなことで病院に行くな。みっともない」

と、父が言い放った。両親と私の関係は、このようなものだった。

生まれてから物心のつく年頃になるまでの出来事については、ほとんど記憶にない。物心ついた頃には、すでに両親に触れられるのが嫌でたまらなかった。小学校に通うようになると、両親のどちらかを亡くしたクラスメイトが羨ましくて仕方がなかった。小学校三年生のときに、この人たちが死なないのなら、私が死んでやるとお腹に包丁をあてたことがある。しかし、死ねなかったら、近所近辺や親戚中に話して回り、きっと笑い者になってしまうのだろうと思い、結局、包丁は台所にしまった。

私は、いつも両親や親戚、そして近所の人にまで「かわいくない」「変わり者」と言われ続けてきた。たしかに、かわいい素振りをしたことはなかった。抱きついて甘えたりなどした記憶はない。かわいげがないと評されても仕方がなかったのかもしれない、と今になれば思えるが、幼い私は、そうではなかった。

三、四歳の頃のことだろうか。母とのやりとりを覚えている。

「アンタはヘソ曲がりだ」

と母が言ったのに対して、

「私のオヘソは曲がってないよ」

と腹を出して、ほら、と見せたことがある。

「それが、ヘソ曲がりだというんだよ」

「……」

ヘソ曲がりという言葉の意味さえ知らない幼い私は、ただ母の言葉に真面目に答えただけだった。今、この出来事を思い出すと、自分は素直な子供だったのだ、と思えてくる。ただ、素直に聞いて、正直に受け答えをしていただけだった。だが、父や母は、いつも威圧的だった。私は、二人の態度や言葉の暴力を前に、しだいに無口になっていった。そして、両親に代表される大人の顔色を窺いながら生きていくようになってしまったのだ。

当時、ストレスという言葉は、あまり一般的ではなかったが、学校では、そのストレスを発散するかのように、自分より弱いクラスメイトをいじめていた。意識的に、というよりは無意識に、ちょっとでもとろい子供をみると、一言、二言、言ってやりたくなるのだ。私のなかではそうすることが当たり前だった。しかし、しだいに他のクラスメイトから、意地が悪いとか性格がよくないなどと言われるようになり、気がつくと孤立していた。クラス編成のたびに、もうイジメはしない、と心に誓うのだった。が、思うようにいかず、同じことを繰り返して、友だちのいない淋しい小、中学校での日々を送るようになった。

高校に入ると、私にとって当たり前のことが、他の人にとってはそうではないのだと思うようになった。両親と自分との関係に原因があるということも分かってきた。関係を改善すべきである。しかし、物心ついた頃から、すでに両親に固く心を閉ざしていた私には、今更、何をやっても無駄のような気がした。すべては遅すぎる。また、どうすれば親子関係がスムーズにいくのか分からなかった。

両親との確執が、どうやら私の性格を決定づけたのだと思うようになると、どうして私は子供らしく振る舞えなかったんだろう、と自分を責めた。また、一方で、なぜ、二人は愛してくれなかったのか、と憎みもした。もっと甘えたかったのに、と思った。不満と自責が心を占め、鬱々とした日々を送るようになっていったのである。

子供の頃の夢の解釈

もし、人が見る夢も、その人を取り巻く環境に要因があるのならば、あちらこちらで発生する火災や、必死に求める逃げ場も、何かの比喩だろうと考えるようになった。家庭、学校、地域から逃れることはできないということを夢は私に語っている。私を取り巻く環境から私は逃れられない。逃げ場はないのだ。そこに火の手が上がる。炎とは何だろう。燃えさかり、私を飲み込もうとする火の手は、間違いなく両親だった。こう考えると、現実のたとえが夢にあると思えてくる。

子供にとって、親とは絶対的な存在である。幼い子供がどうあがいても取り替えようがない。また、取り巻く環境を変えることもできない。経済的に保護してもらいながら、精神の成長を見守ってもらわなくてはならない。

「親はなくても子は育つ」というが、はたして子供一人で何ができようか。たった一人の子供が保証人もなくアパートを借りることはできないし、両親とケンカしたからと一人でホテルに泊まるわけにもいかない。ホテル関係者が、子供の行動を不審に感じて保護するなど、社会が許さない。結局のところ、行く宛もなく、お金もないままに町をさまよっているうちに、補導されて、親元に返されるのがオチである。小学生にもなれば、それくらいの想像はつく。親に反抗できない子供、自分の思いを率直に話せない児童は、やがて家でおとなしくしていた方が無難だと考えるようになるだろう。

実際、子供にとって、心に浮かぶあれこれや、喜怒哀楽を言葉にして誰かに訴えるのは、学校の勉強よりもはるかに難しいし、ドラマのセリフのようにスラスラと出てくるものでもない。反抗期の子供たちがキレてしまうのが問題になっている。しかし、キレるというのは自分の思いを言葉にできなくて、行動に出てしまう子供たちの心の声なのだろうと、私は思う。

親が子供を経済的に支援するのは、いわば義務である。精神的な支えこそ、愛とよぶべきものだろう。体がどんなに成長しても、愛が不十分で心が満たされず、不安定なままならば、渇きや切望が精神をさいなみ、自立への道は遠くなる。親に精神的に支えられていない子供は、自暴自棄になりやすく、犯罪に走る若者が増えているという。私は、このようなニュースを聞くたびに、何ともいえない思いが胸にこみあげてくる。罪を犯してしまった若年層の一人一人に対する憐憫の情でいっぱいになる。被害者には申し訳ないが、「よくやった」と褒めてあげたくなるときもある。

私は、たっぷりの愛情を注がれて育ったとは言いがたい。他の家庭をのぞいてみたわけではないので、比較した結果をはっきりと明言できるわけでもない。しかし、両親は、義務と愛情をはき違えて、私を育てたのではなかったか。けっして悪い人間ではない。

しかし、両親の育った時代を考えると、かわいそうに思えるときもある。子供の頃に戦争があって、貧しいなかを必死で生き抜いてきたのである。おそらく貧しくても生きていけるということを私に伝えたかったにちがいない。実際、私の家は貧乏であった。

私が小学校に入ったころ、郵便受けにピアノ教室の勧誘のチラシが入っていた。どうしてもピアノを習いたかった私は、母にねだった。

「そんなもん、習ってどうするの」

母の言葉のなかに、家にはお金がないという響きを感じ取った。「家は貧乏だ」というのが母の口癖だった。まして、当時は、ピアノはマンションの頭金にも匹敵するほど、高価なものだった。子供だった私には、土地や家屋の相場は分からないが、そのどちらにも手が届かないほど家は貧しいのだということは理解してきた。成長してからのことだが、あれは、たしか高校生のころだったと思う。父の給料明細を見て、愕然としたことがある。これだけなんだ、と思った。とてもショックだった。

家族が食べていくだけで精一杯のときに、ピアノなんて無理だったのだろう。ならば、せめて「Rちゃん、ごめんね。ピアノやりたいの。でもお家には買うお金がないのよ。お母さんもね、一生懸命に働くからね。いまは我慢してね」と話して欲しかった。しかし、「そんなもん、どうすんの」という一言のあとには、必ず「食わせてもらっているだけで、ありがたいと思え」という言葉が続いた。こうなると、もう何を言っても無駄である。瞬時にピアノのことは諦めた。

ピアノの後、しばらくしてバレエや空手をやりたいと話したときも、同じように退けられたことを覚えている。たぶん、貧困のなかに育った私の両親も、自分のやりたいことなど何もできずにきたのだろう。そして、私に話したようなことを、祖父母から言われながら育ったのかもしれない。ようやく最近になって、父や母の境遇にも思いをはせることができるようになった。しかし、当時の私は、もっと甘えたかったのだ。

「お父さん、お母さん、あなたたちの心ない暴言のせいで、私の居場所がないのよ、家庭にも学校にも。もっと私のことをかわいがってよ。愛してよ」

心の叫びに気づいて欲しかった。子供は、自分の思いを的確に表現する言葉を探し出す能力がまだ身についていないのだから……。

現在、高校生の間で、プチ家出というのが社会現象になっている。世の大人たちは、口々に「最近の子供たちは……」と言うが、そのような子供たちは、家庭にも学校にも自分の居場所を見つけられないのだろう。また、自分の心のつぶやきを人に語れずにいるのではないか。もしかしたら、心の声に耳を傾ける余裕すら失っているのかもしれない。高校時代、アルバイトをはじめて、意識的に家に居る時間を少なくするように努めた私には、心に痛みを抱える子供の声が聞こえてくるような気がする。

自分の心の声に耳を傾けるのは難しい上に、怖いのだ。心の声を聞いてしまうと、自分の叶えられない想いや願いを認識することになる。願望が遂げられないのは、不幸なことだ。自分が幸せではないと確信することほど、怖いものはないと思う。恐ろしいから心の声を無視して、かたちばかりの幸せを追い求めるのではないか。プチ家出を繰り返す子供たちは居所を探せぬままに、日々の楽しみに興じているのだろうと私は思う。しかし、アルバイトやプチ家出を繰り返しても、親の保護下にいるという現状が変わるわけではない。

就職してからも実家で生活していた私は、炎に追われる夢を見ていた。

私の育った環境、すなわち自分の居場所を持てずに養育されているという現状から逃れたいという思いが、火災現場から逃げ出そうとする夢を見せていたのだろう。父や母の高圧的な態度やはき違えた愛情表現が、炎となって襲いかかり、私を窮地に追い込んでいたのだ。夢のなかで、赤い布にさえ怯えていたのは、触っても火傷はしないが、私を精神的に追いつめる父や母の姿が布であることを意識下で知っていたのではなかろうか。
私は、過去の夢をこのように分析した。

赤い布

そこの子よ　何故そんなに怯えてる
相手はただの赤い布　犬も喰わねば火傷もせぬぞ
知恵を絞れば　エリマキとなり
寒さしのげる便利物

それでも怖い赤い布　歓声聞こえ　熱気立ち
スポットライトが目にしみる
そんなあなたは闘牛士　激痛走りひざまずき

薄れる意識に笑い声　そうさ私は負け犬さ

拍手喝采渦のなか　剣を片手に勝利のポーズ
走り行く姿に見覚えが　私はあなたの……
知らなきゃよかった赤い布　急所はずれまぬがれる
これが愛というものなのか

いつまで寝ているそこの子よ
次の戦い待っておる　目を凝らして行きなさい
赤い布より手ごわいぞ　行き詰まったら叫びなさい
きっといい知恵見つかるぞよ

波乱の結婚生活

もうじき結婚生活も六年目に入る頃、私は離婚を決意した。そんなある日、「最近の火事の夢」を見た。

もともと、かみあわせの悪い結婚だった。

私と夫のEは職場で知り合い、付き合いが始まった。Eとは趣味、考え方、食べ物の好みなど、ことごとく合わなかった。別世界に住む人のようだった。だが、一緒にいると楽しかった。Eは、人あたりがソフトで、とてもやさしく、おしゃべりが上手だった。私の知らないことを、いろいろ聞かせてくれた。

賑やかな下町育ちの私は、自分が暮らす地域の雰囲気や住人たちの気質が鼻についていた。人情があっても口は悪く、聞くに耐えない汚い言葉や荒い口調に嫌気がさしていた。Eのやさしい言葉づかいや人あたりのよさに魅了され、気持ちが高じていった。二人の間に、いつしか結婚の話が持ち上がった。まだ若かった私には、結婚願望はあっても、具体的な結婚観はできていなかった。いつかこの人と結ばれたらいいな、と想像する程度だった。

付き合いはじめて一年が経った。

「私たち、結婚を前提としてお付き合いします」と、互いの両親に報告した。

それからは気軽に両家を行き来するようになった。そのころから、結婚話が具体化していき、私たちは話し合って二ヵ年計画を立て、結婚資金をためることにした。

Eの両親は、私のことを快く思っていて、家を訪ねると、いつも歓待してくれた。そして誰よりも、私たちの結婚を心待ちにして、

「結婚式は、まだかい」

と、しきりにたずねるのだった。

「期日までは分かりません。費用もまったく足りませんから」

その話が出るたびに、私は、明るく答えるようにしていた。結婚式ともなれば、慶事で

はあっても両家のしきたりなど、猥雑なことも出てくるだろう。Eの実家とは、さわやかな付き合いを続けたかった。

ちょうどそのころ、あることが発覚した。Eが、自分には多額の借金がある、と打ち明けたのだった。消費者金融数社から融資を受けていた。話を聞いたとたん、パチンコにつぎ込んだんだな、と思った。

Eはパチンコが好きだった。パチンコ店に入り、二人で遊んでいるとき、「もうこのへんでやめようよ」と言っても、彼は打ち続けていた。手持ちの金をすべてつぎ込んでしまったことが幾度となくあった。

私は借金が嫌いだとEに話していた。カードでのローン払い、友人同士でのお金の貸し借りはしないという主義だった。二人の将来が明るいものになるよう、人生設計をしている矢先である。生涯の伴侶となるべき人に、よりにもよって大嫌いな借金があるなんて。頭のなかが真っ白になったが、私だけに打ち明けてくれたのは嬉しかった。一度だけの過ちだと思い直すことにして、なぜ、消費者金融に走らなければならなかったのか。その理由がほんとうにパチンコだったのかどうかを問いただす前に、返済方法を模索した。私たち二人は、「結婚資金貯蓄計画」とよんでいた月々の貯金を見直さなければならないと思った。私たちは貯金の額を減らし、借金返済計画を立てた。結婚式は先に伸びてしまうが、多少のつまずきは仕方がないと思った。人生は長い。若いうちの失敗は、身につくという。乗り切れば、これが教訓になって、将来、同じような過ちを犯すことはないだろう。努力をすれば、道は拓けていくにちがいないと思った。

私たちの結婚を誰よりも待ち望んでいたEの両親に、借金があって結婚式は少し先になると報告した。親にほんとうのことが言えないEは、なんと私のせいで借金ができたと話した。

「違うのに。私は人にお金を使わせるような人間ではない」

大声で叫びたかったが、Eの面子を考えて黙っていることにした。

私は、割り勘タイプである。男性に、デート代を全額払わせるようなことはない。もし、今回、費用を相手が出してくれたのなら、次は自分が持つようにしている。いつもお金を出し合って共に過ごす時間を楽しんでいた。アッシー、メッシー、ミツグ君と雑誌などに取り上げられる女性たちの生きかたを、私は蔑視していた。

私への愛情ゆえの借金だったと話したEに腹が立ったが、それ以上にこれから私の父母となる二人に誤解されることの方が理不尽だった。だが、借金を作ったのはEだったが、解決策は二人で考えたのだ。これは二人の問題だ。どう思われても仕方がない、と自分に言い聞かせた。

言葉を失い、うつむいたままの私に、Eの母は柔らかい口調でこう言った。

「Eの借金についてあなたにも責任があるとして、してしまったことについては仕方がないわね。消費者金融は金利が高いから、ばかばかしい。借金は、まとめてあげるから、時間がかかっても少しずつ無理しない程度に返済していってちょうだい。ところで、あなたたちは外で会うから、デート代だ、何だってお金が必要になるのよ。一緒に住んでしまえば、そんなにお金もかからないんじゃないかしら。結婚式の費用は、ご祝儀でまかなえるものですよ。これも私たちが立て替えてあげるから、早く身を固めて、二人で出発した方が、いいんじゃないかしら」

喜びが胸に広がっていった。「あなたにも責任があるとして」の一言をのぞけば、満足だった。借金を気にすることもなく、金利はなくなり、先伸ばしになると思っていた挙式は、早まった。しかし、何もかも親がかりだというのは気になった。

「借金は全額返済して、二人で貯めたお金で式を挙げるのが、やっぱり本筋だと思いますけど」

と私が言うと、

「借金の返済は、むろんしてもらうわよ。ただ、無理のないように私たちに返せばいいでしょう。今年、お父さんも定年だしね。今だけですよ。こうして金銭的な援助をしてあげられるのは」

とやさしい声でいなされた。

「いつかEも所帯を持つだろうと思って、互助会に入っていたの。これを使えば、いくらか割引になるしね。デートのたびに、あなたの住む東京と神奈川にあるこの家を往復するともないじゃない。二人で暮らしはじめれば、ガソリン代も要らなくなるわ。よっぽど利口だわ」

義母は、互助会のパンフレットを出してくると、パラパラとページをめくりながら、

「あらっ、見積もりは無料だと書いてあるわ。電話して費用がどれくらいになるのか、聞いてみましょうよ」

「……」

義母は、パンフレットに名前を載せた式場を持つホテルに予約の電話を入れてしまった。

あまりの急転直下な事態に、驚いて声も出ない。どのような態度を取ったらいいのかも分からぬままに、目でEに問いかけると、

「いいじゃないか。無料だよ。行ってのぞいてみようよ」

謝罪するつもりが、式場選びになってしまった。とんだ一日であった。

予約しておいた日、義母と私たちの三人は、ホテルのエントランスにいた。古びた外観は人生の門出に不似合いだと思ったが、館内は改装されていて、清潔で明るかった。式場

は、眺めのいい階にあった。大きなはめ込み窓から望む景色は最高で、しかも陽の光が降り注ぐように入ってくる。

受付には、見積もりから挙式まで、私たちの晴れ舞台の担当者と挨拶を交わした。どのような挙式や披露宴を望んでいるのかとの質問に、私は、挙式も披露宴もホテルのパックで済ませたいと話した。ところが、披露宴への出席回数も豊富な義母は、ランク付けを気にして、料理、演出ともに派手なものを望んだ。そして、式は知り合いの牧師がいる教会で挙げたいと言った。ことごとく意見が合わなかった。

おおよその見積もりが出たら、帰ることになっていた。ところが、私たちの担当の腕利きの営業とEの母の勧めで、衣装の打ち合わせの予約を入れることになってしまった。あれよあれよという間に、話は進んでいった。これではまるで私は花嫁という名の人形で、意志や意見を述べることさえ許されないようだった。それに比べて、Eの母の張り切りようはなかった。女性は、いくつになってもこの手の打ち合わせがうれしいのだろうが、矢継ぎ早に決めていく義母の姿は、何かにせき立てられているように見えた。

翌週、私たち三人は、再度、衣装の打ち合わせに向かった。正直、義母には遠慮してもらいたかったが、借金をまとめてもらったり、費用を立て替えてもらう手前、言いだせなかった。

しぶしぶ向かった打ち合わせだったが、衣装合わせが始まると、私も現金なものである。態度ががらりと変わった。純白のウエディングドレスや色とりどりの衣装を見るうちに、積極的になっていった。どれもこれも輝いてみえた。試着を始めると、しだいに気分が高揚してきて、こっちよりはあっちという感じで、何着も試していた。いろんなウエディングドレスに手を通すうちに、お金のことを引け目に感じる必要なんてないんじゃないのか、きちんと返済すればそれでいいんだ、と自分のドレス姿に酔いしれながら思った。考え方を変えたとたんに、打ち合わせは楽しいものになり、再び二人の将来は明るいものに思えてきた。

日曜日になると、Eと私は、教会に向かった。式を挙げるならば是が非でもここで、と言う義母の強い勧めに従って、私は、S牧師と面会することになっていた。牧師は、Eの子供の頃のことを知っていて、私たちが結婚することを心から喜んでくれた。挙式の日取りやその他の細かい取り決めをした後、牧師は結婚について話をしてくれた。すべてが終わると、牧師は私たちの幸せを願って、祈りを捧げてくれた。

これまでの私は、宗教的な儀式を見ると、「何をやっているんだ」と、それ自体を毛嫌いしてきた。ところがS牧師の敬虔な祈りは、素直に受けとめられるものだった。

初めて足を踏み入れる教会に対する観光気分や、初対面の相手のために何を祈るのだというような牧師への疑念などが、心のなかでうず巻いていた。だが、祈りの言葉を聞くうちに、心は静かに落ちついてきて、胸が熱くなり、涙があふれてきた。感動したのである。どうしてなのか、理由は分からなかった。牧師の祈りの声も内容も忘れてしまったが、言葉の響きだけは今でも覚えている。

九月二十六日、私たちは晴れてその日を迎え、新婚生活がスタートした。

新婚とはいえ、借金のある生活は決して楽なものではなかった。返済は生活に支障のない程度でよいという提案を、私たちはありがたく受け取って、八年計画で返済していくことにした。総計金額にすれば、月々の支払いはわずかな額だったけれど、節約を余儀なくされた。しかし、私にとって新妻の節約という言葉は、心地よい響きでもあった。実家でのつましい生活が身についていたせいもあって、倹約そのものを楽しめた。だが、Eはそうではないようだった。

式を挙げてから七ヵ月が経った頃、思ってもみないことが起こった。

「パチンコも借金も、もうしない」

と結婚式の前に誓ったEだったが、また金を借りていた。なんだかそわそわした態度に不審を感じて問いただしてみて、分かったことだった。ほんの七ヵ月のことなのだから小額だろうと思ったが、予想外の金額だった。寝込みたくなった。当時のEの給料の約三ヵ月分を、借りていたのである。むろん、義父母に返済を続けている金額に比べたら、それほどでもない。とはいえ、私は途方に暮れてしまった。しかし、お金のことである。何とかしなければならない。

なぜ、こんなことになってしまうのだろう。倹約生活が辛くて、それがストレスになって夫を苦しめ、このような事態を招いてしまったのだろうか。もし、そうならば、今回のことは、私にも責任がある。落ち込んでばかりはいられない。

私たちは、これまでのこと、これからのことなどをじっくり話し合った。その結果、Eが十八歳のときからかけていた生命保険を解約して返済にあてることにした。保険の通帳は、結婚したときにEの母から直接預かったもので、姑に対して申し訳なく思ったが、それしか方法がなかった。

後日、義母に謝って、もう二度と借金もパチンコもしないという誓約文を書いてもらったことを報告した。保険の解約については、「もったいなかったわね。長い間、かけてきたのにね」とポツリとつぶやいただけで、

「家の息子が、あなたに迷惑ばかりかけてごめんなさいね。私からもよく言ってきかせるからね。本当にごめんなさい」

義母は哀しそうな表情をした。

夫に対する怒りより、妻として夫をうまく操縦できない自分がふがいなかった。同時に、

私によくしてくれる姑に対して、心から申し訳なく思った。親孝行もしたいのに、できない自分が情けなかった。できる恩返しといえば、一緒に食卓を囲みながら、元気な姿を見せてあげることくらいだった。Eの両親の前では、なるべく快活にふるまうことにした。

ところが、私や義母の願いも虚しく、Eはまた借金をつくった。三度目だ。しかも職を辞めた。すぐに新しい仕事を見つけてきたが、お先真っ暗である。もう誰にも相談できないと思った。こんどの借金を含めると、月々の支払いは九万円を越えていた。

鬱々とした毎日が続いた。迷ったり、とまどったりしながらも、妻の私が夫の悪い癖を直さなければならない。そのためには、Eを信じることがいちばん大切だと思った。Eは頭を下げて、「二年半で、すべてを必ず返済します」と言う。私は、その言葉を信用することにした。これからの二年六ヵ月、何の手助けもしないことにした。勇気のいる決断だった。何も言わない、何も聞かない、何もしないでいることは、とても不安なことだった。けれども、Eの約束の言葉や誓約文をむだにしないためにも、信じてやることが、いちばんいい方法だと思った。今までは、私や義母の二人が、Eの借金を何とかしなければならないと奔走していた。Eは、ただ返したいという気持ちだけで、実際に我慢したり努力したりすることがなかった。それがいけなかったのではないか。どんな事情があったにしろ、自分のとった行動は自分で責任をとらなければならない。そして自分の力で解決したならば、もう二度と繰り返さないだろう。努力する夫を遠くから見守るのが私や義母の役目なのではないか。無事に完済したら、新婚夫婦として再出発しようと思った。

三度目の借金のことは、誰にも、むろん姑にも話さなかった。

私と義母は、世間一般でいわれているような嫁と姑の醜い争いはなく、ちょくちょく二人で連れ立って出かけていた。

「Eは長男だけれども、若いうちは、二人で暮らして、いつでも一緒に行動しなさい。いつか私たちの家を守ってくれればいいから。相続税のことは心配しないでね。あ、でも、このことは、Eには内緒ね」

義母は、こういう話をよくしてくれた。私は、姑を心から尊敬し、信頼していた。

ある日、姑と話をしていたときに、Eの三度目の借金のことをしゃべってしまった。つい口がすべってしまったのだった。しまったと思ったときには、もう遅く、姑の表情が一変した。

私は、今回のいきさつを話し、二年六ヵ月間、一切の手出しをしないようにお願いした。理解してほしかった。

その日から、二、三ヵ月経ったころだった。

「この前、解約した保険のことなんだけど……」

と義母が口火をきった。

「あれは、いい保険だったのにね。実は、あの後すぐに、Eにもしものことがあってはいけないと思って、新たに同じ保険に加入したの。毎月、かけているのよ」

私は、申し訳ないというよりもむしろ、なかば呆れてしまった。

「ああ、そうだったんですか」

と答えるのが精一杯だった。いくら親でも、成人して結婚した子供のためにそこまで面倒をみるものなのだろうか、と思った。二人で相談して決めたことに、茶々を入れられたようで、気分も悪かった。その時の私は、精神的にも肉体的にも疲れていて、何も考えたくなかった。それにもまして保険料を、義母に代わって支払い続ける余裕はなかった。申し訳ないとは思ったが、保険のことは棚上げしておくことにした。

そんなことがあってから、日もまだ浅いある日のことだった。Eの実家で姑と食事の用意をしていた私に、三度目のことがやはり気になるのか、どうなったのかとたずねてきた。

「大丈夫ですよ。借金のことはすべてEにまかせています。自分で何とかすれば、同じことを二度と繰り返さなくなりますよ」

安心させようと思って快活に答えると、義母は私の知らない事実を話し始めた。

「実は、あの子。学生時代にも、こういうことがあってね。そのときには、金額も少なかったし、二度とやらないという約束で、お父さんには内緒で、私が清算してあげたの。よく言ってきかせて、もうしないと誓っていたのに……」

姑は続けて、こう言った。

「結婚すれば、直ると思ったのよ」

「……」

私は、目の前に並べられた皿を、すべて割ってしまおうかと思った。どうして今まで黙っていたのよ。Eも姑も、そんなことは一言も口に出さずに、最初の借金のときにも私のせいにしたくせに。いまさら、結婚すれば直るだなんて。皿だけではなく、椅子でもぶつけて窓ガラスも粉々にしてやりたかった。目の前に、もし斧があったら柱を切り倒して、家ごと叩きつぶしてしまいたい気分だった。

義母の一言で、すべてが見えたような気がした。あれ、おかしいなと思っていたことが一本の線でつながった。

どうして、私が借金を全額返済してから結婚したいと申し出たのに、挙式を早めたのか。改めて考えてみると、借金のある息子がたとえ結婚したいと申し出たとしても、普通の親なら「式は、完済してからにしなさい」というだろう。Eを信じていた私は、お金のことは実家には黙っていた。さらによく考えれば、結婚して一緒に生活するよりも、お互いの実家にいた方が、お金は貯まるだろう。なぜ、こんなことに気がつかなかったのか。どうして義母の本音に気がつかなかったのか。マジックをかけられてしまったかのようだった。結婚前、私は確かに恋愛していた。お人好しな性格と恋人への責任感が、当時の気持ちに拍車をかけて、何も見えなくなってしまっていた。結婚が早まったことについても、「これが神様のお導き」と思い、節約の毎日は「試練」だと考えていた。

はやくこの場を立ち去りたかった。世のなかは甘くないと思った。落とし穴がある。この日を境に、姑との付き合いを減らし、Eとの会話を避けるようになった。そして、一人であれこれと考えることが多くなった。

この結婚はいったい何だったのだろう。まるで姑が、Eの悪癖を直すために家庭教師を雇い入れたようではないか。女心と責任感の強い性格を利用して息子を矯正させ、その後は自分の老後をみてもらうというのか。そこには女の政治があった。Eはどうだったのだろう。Eにとって、私の存在は何だったんだろう。結婚生活をどのように考えているんだろうか。さまざまなことが私の頭に浮かんでは消えていった。

分かっているのは、現在、Eと私が暮らすことになる発端を作ったのは姑だということだった。Eの父は気が弱い。アルツハイマーにかかった自分の実母の面倒を、長い間、妻である義母まかせにしてきたという負い目もある。弱気な義父に、姑は心から頼ることができないらしい。E家において、義母がすべての采配をふるい、決定権を握っていた。姑は、義祖母につかえながら、このような状態になる日のことを想像していたのではないだろうか。自分の面倒をみてくれる人として、私を選んだ。気持ちは分かる。介護される老女の姿に出くわすと、私のような若さでも将来が心配になってくる。期待は、長男によせられ、Eは、愛情と経済力のふたつに守られて成長した。鳥籠でカナリアを飼うように、エサと水は十分に用意して、自分のために鳴いてくれることを望んだ。

Eは、そんな母親の期待に一生懸命に応えようとするけれど、うまくいかない。それがストレスになって、お金を使うことを覚えた。借金の額がいくらふくらんでも、母親が助けてくれた。息子の悪癖を矯正する力が自分にはないと悟った母は、自分の役割を私に委ねた。E家にとって、私は鴨ネギだった。

思えば、姑との会話のなかで、親馬鹿ともいえる言葉や、不安神経症と思われるような発言をいくつも聞いた。

たとえば、義母はいつも「やさしい子だから……」とEを評価する。悪癖についても「借金を何度も重ねてしまうのは、社会が悪いからよ。利用されて、騙されているのよ」などと言う。そして最後には、「あなたに、この家で面倒をみてもらいたいのよ」と話を締めくくるのだった。

結婚当初は、そんなに念を押さなくても、長男の嫁である以上、私が面倒みるのは当たり前のことだと思っていた。しかし、E家のことが分かってくると、すべては姑の将来への不安が言わせる言葉、とらせる行動だと思うようになった。誰かにEの借金癖を直してもらい、義父母の老後の面倒もみてもらうという構図を描き、私を選んだにすぎないのだ。

もちろん、婚姻届けに判を押して、Eとの結婚を了解したのは私自身である。しかし、豪華なウエディングドレスに憧れる年頃の私を、甘い言葉でからめとるのは安易なことだ。あのときの勘が正しかったのだと思った。

借金をまとめてもらい、挙式や披露宴の費用を立て替えてもらうということに抵抗を感じて、一度、正式な断りを入れたことがある。あれは、夏の、とても暑い日だった。先に伸ばしてもらいたいと、お願いにあがった。だが、私の主張は通らず、話は急ピッチで進んでいった。

結婚するのは、ほかでもない私自身だったのだ。姑の冴《さ》えた弁舌には、Eも、舅も、私の両親もかなわない。異議申し立てに行っても、話をするうちに、相手を魅了し、しまいには自分の味方にしてしまう力があった。

E家の状況のなかで、もっとも苦慮すべきは、E自身が自分の置かれた環境に目を向けようとせず、母親のいいなりになってしまっていることだ。すべては親まかせの、過干渉親子である。両者とも、このことに気がついていない。Eが生まれ落ちたときから、この関係が続いている。二人にとっては、当たり前のことなのだ。しごくもっともなことだとして無意識に行動しているから、それだけに困るのである。

姑との関わりを避け、あれやこれやと理由をつけてEの実家に顔を出さなくなったら、今度は、義母が私たちのアパートにやってくるようになった。

「リンゴをいただいたの」とか「庭の家庭菜園で、エンドウ豆が採れたから」などと言っては、週に一度、顔を出すようになった。そのたびに、「こういうことをするから、Eはお金がなくなっても食べていけると安心しきって、何度も同じことを繰り返すんですよ。何もなさらないでください」と、私はやんわりと断った。しかし、押しの強い義母は、ガンとして譲らないのである。

この頃から、私のなかで、明確な輪郭をもって、離婚という二文字《ふたもじ》が首をもたげてきた。私には、行くところも帰る家もなかった。離婚のことを思うと、私たちを祝福してくれたS牧師、披露宴に出席してくれた人たちの顔が、次々に浮かんできた。ずいぶん迷ったが、この母と子の関係をどうすることもできない、というのが私の結論だった。

悪いことは続くもので、私の勤め先が倒産した。

これからのことを思いあぐねていると、姑が訪ねてきた。

「らっきょうを漬けたから」と、ご機嫌である。ご機嫌だっただけに、腹が立った。借金について、心配そうにたずねた姑に対し、

「何もしないでくださいとお願いしたはずです。Eが借金を重ねるのは、社会のせいではなく、あなたに原因があるんです。何をしても、あなたが後始末をつけるから、Eはそうされるのが当たり前だと思ってしまうんです。面倒みてもらうのが、心地よくてたまらないのです。自分の不始末は、自分で始末しなければならないのに、どうして手をかそうとするのですか。結婚すれば、Eも行動を改めるだろうと思ったと話してくれましたが、あなたがこのようなことを続ける以上、直るものも直りません。らっきょうや果物なんていりません。あなたが持ってきた物を、見るのも嫌です。うんざりなんです。あなたのせいで、一文なしです。お金があったら、いますぐここを出ていきます」

姑は、泣きながら帰っていった。後ろ姿を目で追いながら、言いすぎてしまったような気もしたが、これでよかったんだと思い直した。

以来、義母とは会っていない。

やがて、Eと約束した二年六ヵ月が経過した。この間、借金のことはすべてEにまかせて、いっさい口出ししないという約束を私は守った。たずねてみたくてたまらなかった借金のことを聞いてみた。増えてはいないが、減ってもいなかった。

結婚して、五年の歳月が流れていた。私の五年間は、いったいなんだったのだろうか。以来、Ｅとも口をきいていない。

倒産と借金苦、姑との関係など、さまざまな心労が私をうつ病のような状態にした。精神科に通って、鬱々とした気分が解消されるのならば直してもらいたいと思った。しかし、治療費にまわせるお金はない。病院にも行けずに、ほとんど家にいた。

家にいてもやることがない。破綻した結婚生活、恵まれなかった子供時代のことを考えて、自分はなんて不幸なんだと泣いたり、境遇を一人で怒ってみたりしながら、日々を過ごした。

このような状態が、半年も続いただろうか。そんなある日、私は「最近の火事の夢」を見た。

土地柄の違いが　こんなにも
素敵にみえた　王子様
ところがどっこい　王子様
冠取ったら　人造人間
人生は　そんなもんだというけれど
ちょっと違うぞ　王子様

世のなかの不安をすべて抱え込み
勢力あげて造ったけれど
計算まちがえ　大あわて
どうしましょうと悩んでいたら
鴨がネギ背負って　やってきた

くもの巣はって　エイヤーッ
甘いごちそう　目の前に
つられ　つられて　三千里
ウニだ　ホタテだ　イクラだ　カニだ
こんな人生　いいカモね
何かおかしいと　思ったときにはすでに
くもの巣からんで動けずじまい

結婚生活と夢の一致

姑の一言で、私は妻としての責任を逸脱され、生きていることさえ馬鹿馬鹿しくなった。

借金生活に加え、過干渉の義母。私一人の力量では、どうすることもできない。いますぐにでも離婚して、この親子から離れて自分だけの生活をスタートさせたい。しかし、先立つものもなく、身動きがとれなかった。体調も悪かった。

勤め先は倒産。職を失い、貯金もない。だからといって、働く気力もわいてこない。食べていくのが精一杯で、もう死んでしまいたいと思った。

あるとき、青木ヶ原の樹海に行こうと思い、身支度を整えて、地図で場所を確認して家を出ようとした。ところが、どこを探しても、目的地にたどり着くまでの交通費すらなかった。どのような方法で自殺してもいいのだが、一人ひっそりと眠るように逝《い》きたかった。樹海なら、遺体が発見されるころには、白骨化していて私だとは分からず、身元不明として扱われるだろうと思った。自宅だと、未遂で終わってしまうことになるかもしれない。もし、遂げたとしても、式を挙げた教会で葬儀がなされ、その後、夫や姑にあることないこと言われてしまうだろう。そんなに悔しいことはなかった。樹海ならひっそり逝けると思ったのに、交通費がないなんて……。

樹海を断念した私は、Eと姑への復讐の意味を込めて、餓死してやろうと思った。そうすれば、遺書がなくても、二人は自分のしでかしたことに気がつき、周囲からもいろいろ言われて、この世の生き地獄になるだろうと思った。実際、当時の家計は火の車で、一日一食という毎日だった。貧血もひどかったから、一ヵ月もしないで死ねるだろうと思った。私は布団に入った。どのくらいの時間が経ったのだろう。しばらくウトウトしたような気がした。無意識のうちに起き上がり、キッチンへ行くと、水を飲んでいた。はっとした。これから餓死しようという者が、無意識のうちに水を飲んでいるなんて。ほんとうは死にたくないんだ。生きていたいのだと、意識下の自分が叫んでいるような気がした。

このままではいけない。何とかしなければならないと思った。まずは、家計の見直しをしてみよう。節約して、できるだけ買うものをカットする。新聞などの折り込みチラシとにらめっこして、少しでも安いものを買うように努めた。

次は、われながら嫌な女だと思ったが、Eの行動日誌をつけ始めた。日記をつける習慣などなかった私は、それまではスケジュール帳もメモ書き程度だった。一年使ったら捨ててしまっていた。Eはそれをいいことに、借金の理由を私のせいにしていた。あいまいな記憶をたぐるうちに、言葉につまり、証拠も見せられなくて、泣き寝入りの繰り返しだった。そこで、Eの行動を書きとめ、彼の言葉をメモし、言い訳に備えようと思った。

行動日誌をつけるようになってから、「最近の火事の夢」を見たのである。

この夢は、アパートの隣の部屋で出火。燃えさかる炎の音は聞こえても、火の手そのものは見えない。まさに、これは義母が意識下で張りめぐらした計画の炎で、したたかに私を襲ってきた。だが、私は、その画策を知ったし、夫の行動のチェックも始めた。Eのつく嘘への備えも万全である。食料をカバンに詰めたり、不要な通帳を分けたりなど、冷静に対処している夢のなかの行為が、ちょうどそれにあたる。そして炎から逃れさえすれば、きっと安全な場所にたどり着けるのだ。

道を歩いていて、折れた大木の木の枝から降ってくる火の粉は、息子への過干渉の現れだ。Eの実家を避け、義母との関わりを断った現実が、道の回避につながる。姑に自分の感情をぶつけてから、一度だけ電話で話したきりだった。このときも、心乱されることなく、電話を切ることができた。

「最近の火事の夢」を見た当時は、自殺まで考える精神状態にあった。目が覚めたとき、この夢は、いいことが起きる前兆のような気がした。が、だからといって、私自身の生活が変わったわけではない。

倒産を経験し、次の職につく勇気がない。働くことが怖くなってしまって、相変らず終日、家にいた。考えることといえば、離婚のことばかりだった。職もなく、行くところもない。離婚しても経済的にやってはいけない。一生、安心して暮らせる家があれば、今すぐにでも、と思うばかりである。家賃やローンがなければあとは何とかやっていける、自信はある。しかし、青木ヶ原の樹海にまでもたどり着く資金も持たない私が、どうやって家を確保できるというのだろう。マンションの広告や住宅情報を見ては、ため息をつくばかりの毎日だった。そして、また子供時代や結婚生活のことを考えては、どうして私ばかりがこんななんだろうと思い悩むばかりだった。

そんなとき、「はちみつプリン」と「不思議な絵のような町」の夢を立て続けに見た。

この二つの夢がきっかけになって、夢日誌をつけ始めた。ノートに書いてみると、この二つの夢はとてもよく似ていて、しかも結婚生活そのものを暗示しているということに気がついた。

二つの夢のなかの私は、最初は楽しく過ごしているが、気がつくと波や人に追われ、恐怖におののいてしまう……。

私の夢解釈はこうだ。プリンのようなすべり台は、プリンだけでも甘くておいしいのに、その上、はちみつを舐めるゲームもしていて、楽しくてしようがない。これは、Eの甘い言葉や姑の誘いである。互助会も、いい話だった。「ごちそうを用意しておくから」「プレゼントがあるから」と誘われると、つい行ってしまう。実際、姑と過ごす時間は楽しく、周囲の人も羨むほどだった。

どっしりした安定感のあるプリンのすべり台、不安定なやぐらで組まれた見張り台の二つは、家計の変化を表している。計画的に順調に返済していた借金は、知らぬ間に膨らんでしまっていた。生活に支障のないほどだったのに、食べるだけで精一杯にまでなってしまっている。

襲う高波は、頻繁に訪ねてくる姑の姿である。姑が老後のために私とEを結婚させた事実に私が気づき、距離を置いたために、しつこいほどに私のご機嫌を取りはじめた。多いときには、週に二度も私たちのアパートを訪ねていた。来訪が私にとって、恐怖の高波だった。

「不思議な絵のような町」も同じで、はじめは楽しくうかれていた。掃除をしようと張り切るけれど、掃除用具が何もない。つまりEのつく嘘を証明するものを私が持っていないということである。不思議な絵のなかに入り込んで家に帰れないのは、姑のしたたかな計画が分からず、右往左往している様子。目の前のおいしい話につられて挙げた結婚式は、ディズニーランドのように楽しい雰囲気だった。が、夢に登場した追いかける男のように借金がのしかかってきて、にっちもさっちもいかない。複雑に入り組んだ迷路に迷い込んだみたいに出口が見つからない。離婚しようにも一文なしで身動きがとれない私の現状を表現していた。

二つの夢は、私の現実を如実に表していた。だが、救いもあった。にっちもさっちもいかなくなると、私は「助けて」と叫んでいた。「はちみつプリン」では、私の手をひいて浜まで連れていってくれる友人が現れたし、「不思議な絵のような町」でも、知恵をかしてくれる人がいた。少し強引だが、「最近の火事の夢」の最後は、三人で安全なところまで逃げている。これが何を意味するのだろう。私なりに解釈すれば、「助けを求めなさい。そうすれば救われる」ということである。夢のなかの私は、助けを求めている。すると、その声に応えてくれる人が現れている。実生活では、誰に助けを求めていいのか分からず、一人、悩んでいる。私の周りの人といえば、E、義母、私の両親だけだ。両親は、力になってくれない。離婚の話をしても、きっと私のわがままだと叱りつけ、E家に謝罪に行きかねない。そういう人たちだ。では、誰だろう。精神科のドクターか、教会の牧師か、はたまた除霊師か。いろんな人の顔が浮かんでくるが、私を助けてくれそうな人は思いあたらない。

私の夢の解釈はここで終わりである。

「助けを求めなさい。そうすれば救われる」という言葉が浮かんできたとき、誰かが夢を通して語りかけているような気がした。


夜、ゴミを捨てに戸外に出た。少し肌寒かったが、風が心地よかった。視線を感じて振り向くと、月が私を見ていた。みごとな満月だった。その日は雲ひとつなく、月には虹がかかっているように見えた。満月は、遠くから私を見守っていたが、手を伸ばせばいまにも届きそうに思えた。私が歩くと、そっとついてきて、ずっと私のことを見ていた。

神を感じた。

子供のころ、つらいことがあっても、私は両親には言わず、きっと神様が私のことを見ていてくれる。どこにいるのか分からないけれども、必ずどこかで見守っていてくれる、と思っていた。あのころの、幼かった日々のことを思い出した。

「助けを求めなさい。そうすれば救われる」

もしかして、神様が！　と思ったら、神様に会いたくなった。走って行って、抱きしめてもらいたいと思った。

しかし、どこにいるのか分からない。視線を感じた月に住んでいるのだろうか。一瞬、思ったが、月は地球の周りを回る衛星で、何人も存在しえないことは小学生でも知っている。

だが、神様が、必ずどこかで見守ってくれていると思ったら、急に胸が温かくなった。今までも、こうして私は難題を乗り越えてきた。こんなことでくよくよしていてはいけない。終日、悩んでばかりいることが馬鹿馬鹿しくなってきた。そう、Rは強い子なんだ。

いつか、私を助けてくれる人が現れるだろう。そういうことにしておこうと思った。

神様思う

何もかも　嫌になって　樹海へと
旅立つわが身　渇き果て
水を飲んで　われ気づく
生きていたいと　心の叫び
されど　何のために生きるのか

嫌な女と思われようが
備えを用いて準備せよ
いつか日の目を見るその日まで
星を数えて　われ思う

じっと　一人で耐えるのみ

きっとどこかに神様が
いると信じて生きてきた
そんな幼き日々がよみがえり
いいことあるさと　涙も乾く
夜空を見上げて　神様思う

夢

プリンの形をしたすべり台で
はちみつ舐めゲーム
憧れの新築マンション

やぐらの見張り台

掃除用具がない

現実

目の前のウエディングドレス。
楽しくて楽しくてしょうがない。
「互助会」「ごちそう」姑の誘い。

気づかぬうちに借金が膨らみ、
家計は火の車。

Eのつく嘘を証明するものがない。
泣き寝入り。

← 不思議な絵

← 高波に追われる
男の人に追われる

← 「助けて」

← 手を引いてくれた人
知恵をかしてくれた人

↓
出口の見えない結婚生活。
離婚したくてもできない現状。

↓
返済しても返済しても減らない借金。
姑の計画から逃れようと距離を置くと
しつこいほどにご機嫌をとりにくる。

↓
R　心の叫び。

↓
いつか、こういう人が現れるだろう。

エピローグ――あとがきにかえて――

夢日誌をつけてみようと思った。ノートを購入し、書きはじめた。自分なりに解釈を入れて、簡単にまとめて、書きためてみようと思ったのである。書き進めていくうちに、これを本として出版し、お金儲けが出来るんではないか！　という願望がわいてきた。そして、忘れていた憧れの仕事を思い出した。

高校を卒業するころ、私は活字に携わる仕事がしたかったのだった。ところが進路指導をする担任の教師に、「アンタに何ができる」と言われ、諦めた。

当時の私は、ひねくれていていた。

卒業して一体何がわかるというのか
思い出のほかに何が残るというのか
……この支配からの卒業

尾崎豊の『卒業』の歌詞からの引用である。当時の私は、ここに描かれているような気持ちでいた。そもそも高校に入学したのも世間体だけで、何の目的もなかった。高校時代は、小、中、高校と続く長い学生生活に早くピリオドを打ち、社会に出て立派に独り立ちしてやると意気込んでいた。高校を卒業し、就職したが、結局、能力を磨くことはできずに、社会に生かされ、流されてしまった。社会人になったときの意気込みはどこかに吹き飛んでしまっていた。

尾崎豊の『存在』の歌に、このような一節がある。

夢を求めていても　まのあたりにするだろう
生存競争のなかの夢は　すりかえられてしまうだろう

十数年も前、私はこの曲をよく聞いていた。しかし、歌詞の持つ意味を、よく理解してはいなかったようだ。最近になって改めて聞いてみて、私は思った。学生時代の私は、すでに学校という枠の社会で負けてしまっていたのだ。世間体だけで入学し、卒業を目的としていた私は、闘う相手も見つけられずにいたのだった。夢のために闘うこともしなかったのだ。

学生時代だけではない。家庭という小さな社会のなかでも、闘うことを拒んできた。両親ととことん話し合い、反発してみるべきだった。権利を振りかざす両親と闘ってみるべきだったのだ。もしかしたら、子供のころに見た夢は、威圧的な両親ではなく、現実と向きあい、闘おうとしない自分への怒りの炎だったのかもしれない。だから追われていたのではないか、とも思える。

受けとめよう　目まいすらする街の影のなか
さあもう一度　愛や誠心で立ち向かっていかなければ
受けとめよう　自分らしさにうちのめされても
あるがままを受けとめながら　目に映るものすべてを愛したい

尾崎豊の歌詞を何度も引用して恐縮だが、ここにあるように、私も自分自身の人生に起こったすべての事実を受けとめて、これからの人生を生きていかなければならない。生まれてから今日まで歩いてきた日々を無意味なものにしてしまわないためにも、起こったことを認識して、そこを立脚点として立ち上がっていきたい。私は、自分の過去を卑下する気持ちも美化する気もない。あるがままの自分を受けとめなければ、挫折した状態のままだろうと思う。むろん、助けてくれる人も現れない。

高校時代に、エッセーを書きたい、と思ったことがある。夢についてつづったこの一作が処女作ということになる。できれば、私のように、これから立ち上がっていこうとする人に読んでいただきたい。自分のことを受けとめ、過去を抱きしめ、それでも明日を歩いていこうとする人たちの一助になれば、なお幸いである。

希望の種を蒔きましょう

暗くて冷たい土のなか
長い長い冬を乗り越えて
じっと春が来るのを待っている
きっといつかは花開く
信じて今日も土のなか
自分で自分を温める

隣のあの子はもういない
今ごろ日の光に包まれて
そろそろ花が咲く頃ね

次は私の名が呼ばれると
信じて今日も土のなか
自分で自分を温める

私の名を呼んでと叫んでみても
虚しく声がこだまする
寒くて寒くて凍えそう
それでも夢みてそのときを
信じて今日も土のなか
自分で自分を温める

希望の種を蒔きましょう
踏み潰されても負けないよ

なぜなら希望の種だから
あなたを信じて今日もまた
希望を胸に抱いていく。

小さい自転車

たくさんの人たちが自転車に乗って走っている。

何かの会のようで、一群のなかに私がいる。合宿所を目指して走っているようで、皆、一生懸命、自転車をこいでいる。なぜか私の乗っている自転車は小さく、人の倍もこがなくてはならない。遅れをとらないように、一生懸命、こいでいる。

合宿所に着いた。皆、先に到着していて、思い思いに煙草をすったり、テレビを観たり、寝そべったりしている。私だけ、仕事を始めた。あくせく働いている。私は、当番に当たっている。合宿所の壁一面に備えつけられた引き出しや扉を、開けたり閉めたりしなければならないのだ。

ミーティング前にやらねばならない仕事で、パタン、パタンと大忙しだ。会議が始まる直前に仕事が終わった。間に合ったのだ。ふうっ、とため息をついたら目が覚めた。

この夢は、私がこの作品を書くときの様子を物語っている。自転車とは人の能力の大きさを表すもの。私の自転車だけが小さいのは、学生時代、ろくに勉強をしなかったため、脳の引き出しに、詰まっているものが整理されないのだ。そのため、皆がくつろいでいるなか、私一人だけが大忙しだったのだ。今さらながら、学生時代のつけの重さを感じている今日この頃である。この『Rさんの夢日誌』は、生まれて初めての作品なので、まだまだ力不足だ。私は、小粒である。これから成長しなければならない。原稿を書く上での知識も、ボキャブラリーも不足していた。だが一生懸命だった。これからの人生を前向きに生きるために、全力投球で書いた。ひたむきに、ポジティブに生きていこうとしている一人の人間の姿を、読むことで最後まで応援してくださった読者の方に、末尾になったが、心からお礼を言いたい。

どうもありがとうございました。

夢

夢を見て　忘れていた夢を思い出す
今こそ戦うときなれど
背中押されて前に出る

自分の人生　受けとめて
今日も戦うわれなれど
恐怖に負けて後ずさる

つまずいたら夜空を見上げ
あの日の自分を思い出し

明日の戦い備えて眠る
きっといつかは花開く
信じて戦い耐え忍ぶ
希望がこんなにわれ生かすとは

夢を見て　忘れていた自分を取り戻す
自分の人生受けとめて
つまずいたって　へっちゃらさ

Rさんの夢日誌

2000年6月1日　初版第1刷発行

著　者　REiKO
発行者　瓜谷綱延
発行所　株式会社文芸社
〒112-0004　東京都文京区後楽2-23-12
電話　03-3814-1177（代表）
03-3814-2455（営業）
振替　00190-8-728265
印刷所　株式会社エーヴィスシステムズ

ISBN4-8355-0309-0 C0095

日本音楽著作権協会（出）許諾第0003107-001